Ich, dein Kater, und die Zehn Gebote.

Angelehnt an die Bibel, Altes Testament.

AF281823

Inhaltsverzeichnis

5.

Du sollst nicht töten. Du sollst keine Mäuse vergiften
oder in grausigen Fallen fangen. Denn diese gehören
nur mir allein, wie auch *alle* anderen Tiere im Haus,
Wald und Flur, nur ich habe das Recht über deren
Leben und Tod zu entscheiden.

6.

Du sollst nicht den Bund, der sogar über der Ehe steht,
brechen, mit deinem Kater. Du darfst keine anderen
Katzen, Hunde, Hasen, Hamster, Meerschweinchen
oder sonstigen Tiere streicheln, denn diese Tat ist in
meinen Augen ein Greuel.

7.

Du sollst nicht stehlen. Du sollst die von mir als
Geschenk gebrachten Mäuse oder anderen Tiere nicht
stehlen, nicht von der Haustür entfernen, denn sie sind
ein Beweis meiner Liebe zu dir.

8.

Du sollst nicht falsch Zeugnis reden wider mich (mich
schlecht machen), denn ich beschütze und bewache
dein Haus, damit keine Mäuse sich an deinen Vorräten
satt essen, und kein Tier sich deinem Haus nähert.

9.

Du sollt nicht begehren deines Nächsten Haus, weil ich
nicht dort wohne, sondern bei dir. Wenn ich dein Haus
für gut befinde, darfst du kein anderes haben.

10.

Du sollst nicht die Tiere im Haus deines Nächsten begehren, weil diese schöneres Fell haben oder edlen Geblüts sind. Du sollst weder Hunde, noch Vögel, noch andere Tiere, die deinem Nächsten gehören, begehren. Denn ich bin ein rachsüchtiger Kater.

*　*　*

1.
Ich bin dein Kater, dein Herr.
Du sollst keine anderen Katzen neben mir haben.
Du sollst kein Mitleid mit ihnen haben, sie nicht streicheln, nicht füttern, sie nicht in dein Haus nehmen. Denn ich bin ein eifersüchtiger, rachsüchtiger Kater.

Felix

Es fing an mit seiner Ankunft in unserem Haus.
Felix sollte eingeschläfert werden, weil die Familie, bei der ich zu Besuch war, ihn nicht mehr haben wollte. Durch Zufall bekam ich das mit und entschied mich entsetzt und spontan, diesen Kater zu retten.

Er wurde kurzerhand mitgenommen.
Zu Hause haben wir zwei Katzen gehabt, und ich war mir sicher, sie würden sich gut miteinander verstehen. Felix war kastriert, unsere Katzen nicht. Die große Katze war eine ausgezeichnete Mutter, wir freuten uns immer, wenn wir Kätzchen bekamen. Als sie größer wurden, ging sie mit ihnen in den Wald und brachte ihnen das Jagen bei. Als sie noch klein waren, bekamen sie Mäuse ins Haus geliefert, und damit wurde Unterricht gehalten. Es war sehr unterhaltsam.
Nachdem die Katzenkinder verschenkt worden waren, fiel mir gar nicht auf, daß unsere Lili sich immer seltener sehen ließ. Ich sah sie oft auf einem großen Stein sitzen und sehnsüchtig zu mir herüberschauen. Ich verstand, daß sie uns verlassen will, aber den Grund kannte ich nicht. Auf einmal blieb sie fort und

kam nicht mehr wieder. Felix benahm sich unauffällig, ich hätte ihn nie in Verdacht gehabt.

Ich hörte zwar schon Katzengemaunze und -gefauche in der Nacht, da es aber Paarungszeit war, dachte ich, daß Felix sein Revier erfolgreich verteidige, auch wenn er kastriert war.

Dann blieb unsere Minka weg und kam nie wieder.
Minka war eine weiße Katze von einer großen seelischen Zartheit. Wir haben an allen Laternen Suchzettel angeschlagen und dachten zuletzt, Katzenfänger hätten ihr Unwesen getrieben. Kurz danach verschwand auch die Katze unserer Nachbarin. Sorgevoll unterhielten wir uns über den Verbleib unserer geliebten Tiere.
„Es ist immer noch ein Trost", sagte sie, „daß euer Kater auch bei uns maust, ein sehr schönes und stolzes Tier! Er läßt sich oft von uns streicheln, aber Leckereien als Belohnung nimmt er nicht an."
„Gut so", dachte ich, „sein Zuhause ist doch hier bei uns."
Dann verschwand die Katze des anderen Nachbarn, der schräg gegenüber wohnt. Dieser nahm an, sie sei überfahren worden, da wir an einer vielbefahrenen Straße wohnen, und schaffte sich eine Neue an, die nach ein paar Wochen auch verschwand. Als wir über das rätselhafte Verschwinden sprachen, sagte dieser Nachbar mir auch, daß unser Kater fleißig bei ihm in der Scheune mause und keine Leckereien als Geschenk annehme, aber ihm die gefangenen Mäuse vor die Tür stelle, als Geschenk. Das rätselhafte Verschwinden der Katzen im Dorf ging weiter.

Es dauerte nicht lange und drei Häuser weiter verschwand wieder eine Katze, diese war sehr schön und wurde nach ein paar Wochen im Tierheim ausfindig gemacht. Aber schon eine

Woche, nachdem man sie zurückgebracht hatte, nahm sie Reißaus.

Das Tier muß Schreckliches erlebt haben, sagten die Nachbarn, sie war ganz verstört, wie auch schon vor ihrem Verschwinden, schaute sich ängstlich um und traute sich nicht aus dem Haus. Ein wildes, tollwütiges Tier muß in der Nacht sein Unwesen im Dorf treiben. Da waren wir uns alle einig, das muß es sein, da alle Nachbarn erzählten, ihre Katzen haben Angst, aus dem Haus zu gehen, und wenn, dann mit gesträubtem Fell. Später ist mir aufgefallen, wo eine Katze verschwand, war Felix immer zur Stelle und mauste dort fleißig.

Wir schafften uns eine schöne Katze an und waren enttäuscht, daß Felix sie anfauchte und keineswegs Anzeichen machte mit ihr Freundschaft zu schließen.
Es ging eine Weile gut, Felix wirkte unbeteiligt, als ob ihn die neue Katze gar nicht interessiere. Nur seine Augen sprühten hin und wieder Funken, und er machte ein bekümmertes Gesicht. Er war eifersüchtig, das war klar, aber das wird sich schon legen, dachten wir. Zu meinem Entsetzen sah ich am hellichten Tag, wie Felix die neue Katze verprügelte. Ich war entsetzt, ließ mich aber von erfahrenen Katzenhaltern beruhigen: Es ist nun mal so, bis eine Rangordnung gefestigt ist.

Nach einer Woche ständiger Prügelei verschwand unsere neue Katze. Nach einem Monat verschwand wieder eine Katze ein paar Häuser weiter und kurz danach die neue Katze der Nachbarn neben uns. Eine Katze, die eine Straße weiter wohnte, wurde überfahren.
Bei mir kam der Verdacht hoch, sie habe sich aus Verzweiflung das Leben genommen, und fragte mich, wie um Gotteswillen komme ich dazu, so etwas zu denken…

11

Ich wurde zunehmend nachdenklicher, als ich feststellte, daß Felix jede Nacht bis in den Morgen draußen war und vormittags müde und schnurrend zurückkam.

War er wirklich nur mit Mäusejagen beschäftigt?

Warum hörten wir alles Katzengeschrei und alle Kämpfe in der Nacht? Waren das wirklich fremde, verwilderte Katzen aus dem Wald? Oder war es dieses Tier, das keiner kannte, das alle Katzen verscheuchte? Warum verscheuchte er Felix nicht?

In einem Jahr war das Dorf katzenfrei zum Staunen aller Dorfbewohner und zu meinem stillen Entsetzen. Ich traute mich nicht mehr den Leuten in den Augen zu schauen.

Meine Gefühle Felix gegenüber schwankten sehr.

Manchmal hielt ich es für möglich, daß er alle Katzen verscheucht hatte, öfters aber, als ich seine verträumte Augen sah und sein lautes Schnurren hörte, verbot ich mir solche bösen Gedanken…

Das Dorf blieb katzenfrei, abgesehen von Felix, und die Nächte waren sehr ruhig. Unsere und die Versuche unserer Nachbarn, sich Katzen anzuschaffen, scheiterten kläglich.

Keine Katze blieb länger als ein paar Wochen.

Der einzige, der als ungekrönter König blieb, war Felix.

Unser Kater.

2.
Du sollst meinen Name nicht unnütz aussprechen, mich nicht tadeln oder mir etwas verbieten, sonst wirst du dafür bestraft.

Rache ist süß

Als ich um $6^{\underline{00}}$ Uhr früh zurückkam und das Auto parkte, atmete ich die würzige Morgenluft tief ein. Es war ein wunderschöner Tag, der Himmel war blau, und die Vögel sangen um die Wette. Gegenüber von unserem Haus jenseits der Straße ist ein Weiher. Das Wasser war spiegelglatt und die Landschaft wunderschön. Oben auf einem Ast saß ein Fischreiher und schaute nach unten. „Ah", dachte ich mir, „er hält Ausschau nach Forellen."
Aber nein, unten am Ufer flanierte desinteressiert Felix und näherte sich dem Baumstamm. Der Vogel schaute kurz weg, und das hat gereicht, um dem Kater grünes Licht zu geben. Wie ein Pfeil zischte Felix nach oben, hätte den Fischreiher beinahe erwischt und fast selber das Gleichgewicht verloren. Der Vogel war knapp mit dem Leben davon gekommen.

Ich unterdrückte einen kurzen Schrei.
Felix war ganz oben auf dem Ast, wo vorhin der Vogel gesessen hatte und schaute mich mit glühenden Augen an.
Er hatte mich gesehen! Er ging ein paar Schritte zurück und setze sich auf den breiten Ast, mit dem Rücken zu mir.
Nur sein Schwanz peitschte hin und her. „Oh, er ist bestimmt beleidigt", dachte ich. „Vielleicht schämt er sich, weil ich seine erfolglose Jagd ungewollt beobachtet habe..."

Er blieb lange Zeit da – wie eine Statue. Dann ging ich kopfschüttelnd ins Haus. „Es wird schon wieder, so ist das Leben. Man muß auch Niederlagen einstecken."

Daß er sich zwei Tage nicht blicken ließ, fand ich schon normal, er schämte sich und mußte das erst verarbeiten.

Gut gelaunt ging ich den darauffolgenden Morgen die Treppen hinunter, trat auf etwas Glitschiges und landete auf dem Rücken. „Ah, tat das weh! – Was liegt denn hier unter meinem Rücken?" In der Hand hielt ich eine tote, blutig aufgerissene, dicke Ratte.

Wie ein schwarzer, schnurrender Schatten huschte Felix vor mir durch die Tür in den Flur und weiter in die Küche.

Ich lag da mit dem schmerzenden Rücken und die tote Ratte in der Hand und konnte es nicht fassen. Ich glaubte die Zusammenhänge zu erkennen. Er hat auf mich gewartet, zwischen den Schuhen auf dem Flur. Er hat die zerrissene Ratte absichtlich hingelegt, damit ich darauf ausrutsche wie auf einer Bananenschale und hinfalle. Er hat darauf gewartet, und als das so passiert ist, wie er es vorbereitet hat, ging er schnurrend in die Küche.

Das konnte nicht sein, oder?

Mit schweren Gedanken beladen ging ich in der Küche und fütterte den zahmen, schnurrenden Kater, der sich um meine Füße schlängelte, harmlos wie jede Katze.

Nein, wischte ich den Gedanken fort, das konnte nicht sein.

Dieses anhängliche, liebe Tier konnte sich doch nicht rächen, nur weil ich seine Jagdniederlage beobachtet hatte.

Meine Fantasie ging zu weit.

Der Kanarienvogel (Teil 1)

Wir hatten wieder einen Kanarienvogel. Die ersten drei hatte der Felix gefressen und uns alle dadurch zur Verzweiflung gebracht. Dieser hier war im Schlafzimmer untergebracht, wo Felix keinen Zugang hatte, da die Tür immer geschlossen war.
Der kleine Sänger änderte immer wieder seinen Gesang, er komponierte immer wieder etwas dazu. Es war eine große Freude, ihn zu hören.

Zu meinem Entsetzen sah ich plötzlich von unten, wie Felix oben auf der Treppe vor unserer Schlafzimmertür sitzt.
Oh Schreck! Hat jemand die Tür offen gelassen?
Leise ging ich die Treppen hoch und setzte mich erleichtert neben Felix. Die Tür war zu. Ihn störte meine Präsenz gar nicht. Mit verträumten Augen leckte er sich genüßlich das Maul. Hinter der verschlossenen Tür sang der Kanarienvogel aus vollem Herzen. Es ist war klar, der Vogel ist in Lebensgefahr und der Kater schämt sich nicht mal.
„Felix, du hegst böse Gedanken! Du sollst dich schämen! Eins muß ich dir sagen, wenn du auch diesen Kanarienvogel frißt, bestrafe ich dich! Hast du das verstanden?"
Er schien mich nicht gehört zu haben.
Felix saß immer noch mit verträumten Augen da und leckte sich noch mal sein Maul. Dann gab er mir zu verstehen, daß meine Präsenz ihn störe. Lässig stand er auf und ging die Treppen bedächtig nach unten.

Ich ging nochmals ins Schlafzimmer, um nach dem Rechten zu sehen, und gleich danach lief ich wieder die Treppen nach unten. Das hatte nicht mal fünf Minuten gedauert.
Ich war noch auf der Treppe, als die Katzentür aufging. Felix kam herein mit einem Eichelhäher.

15

Der Vogel flatterte mit den Flügel und wollte sich aus dem tödlichen Biß des Katers befreien. Bevor ich eingreifen konnte, hatte Felix ihm das Genick durchgebissen und fing an, ihm die Federn auszurupfen. Ganz entsetzt versuchte ich ihm den Vogel zu entreißen, was mir natürlich nicht gelang, weil Felix mit dem Vogel weiter im Flur herumlief und ihm im Wohnzimmer weiter die Federn ausriß. Alles war voll umherfliegender Federn. Die Geschwindigkeit, mit der er den Vogel selber auseinanderriß, war erschreckend.

Mit entschlossenem, strafendem Blick ließ er mir den blutigen, aufgerissenen Vogel auf dem Teppich liegen und ging erhobenen Schwanzes hinaus.

Mit Schrecken überblickte ich den Leidensweg des Vogels und konnte mir ausdenken, daß der Kanarienvogel, der viel kleiner ist, keine Chance hat. Mit Tränen in den Augen sammelte ich die Federn auf, wischte die frischen Blutstropfen aus den Teppichen und machte mir Gedanken.

Er hatte bestimmt verstanden, was ich ihm gesagt habe.

Wollte er mir durch diese Blitz-Fang-Aktion sagen: „Wenn ich den Kanarienvogel nicht bekomme, zeige ich dir, daß ich mir einen anderen, größeren Vogel besorgen kann."?

Oder sollte ich das als eine Drohung verstehen, daß ich ihm keine Vorschriften oder Verbote auferlegen darf? Warum darf ich das nicht? Warum führt sich der Kater so auf, als ob er der liebe Gott wäre und wir seine Diener? ...

Ich war fest entschlossen meinen Kanarienvogel zu verteidigen und mich an dem Kater zu rächen, wenn er mir ihn frißt.

So! Jetzt bin ich mit dem Putzen fertig. Der Eichelhäher wurde feierlich begraben, was Felix gar nicht interessierte.

Er wollte mir dadurch nur eine Lektion erteilen.

Am nächsten Tag waren *in allen Schuhen tote Mäuse* versteckt. Nachdem die Kinder von der Schule nach Hause gekommen waren, fragten sie mich besorgt, was ich denn gegen Felix verbrochen habe, daß er uns alle so schwer bestrafen muß.

Sie zweifelten daran, daß ich fähig sei, den Kanarienvogel zu verteidigen oder vor dem Kater zu schützen, oder daß ich fähig sei, Felix zu bestrafen, ich würde bestimmt alles nur noch schlimmer machen. „Wer weiß, welch grausame Gedanken in Felix' Kopf kreisen?" sagten sie und zeigten mir zwei neue tote Mäuse, die in den Gummistiefeln steckten.

Insgesamt 16 Mäuse.

Wie, um Gottes Willen, kann eine Katze so viele Mäuse in nur einer Nacht fangen?

3.
Du sollst den Feiertag heiligen. Du darfst nur für mich da sein. Wie auch an den anderen Tagen sollst du mich bewundern, kraulen und streicheln. Sechs Tage lang sollst du arbeiten, doch am siebten Tag nicht, denn dieser Tag ist für deinen Kater da. Du sollst keinerlei Arbeit tun, weder du selbst noch dein Sohn, noch deine Tochter... Am siebten Tage sollst du nur für mich da sein, mich unterhalten, mit Knabberei mich verwöhnen.

Vogel auf dem Ast.

Es geht nichts über einen gemütlichen, sonnigen, ruhigen Sonntag. Es war ein warmer Junitag, am Nachmittag. Die Kinder spielten ruhig, mein Mann las ein Buch, ich machte es mir bequem auf dem Sofa und schloß die Augen. Es sind diese besonderen Momente der Ruhe, die einer Frau Kraft geben.
Es sollte aber nicht lange andauern.
Das aufgeregte Zwitschern eines Vogels wollte und wollte nicht aufhören. Das war kein Katzenalarm, es war Aufregung und Frechheit sogleich. Neugierig schaute ich im Garten nach.
Am Anfang sah ich nur Felix auf einem dünnen Ast liegen.
Vor seiner Nase hüpfte aufgeregt eine Meise hin und her und zwitscherte. Ich ging leise wieder hinein und bat meinen Mann mitzukommen. Das Geschehen war perfekt.
Der Ast, auf dem der große, schwarze Kater lag, war dünn – sehr dünn – und konnte jederzeit unter seinen Gewicht brechen.

Felix wußte das, er konnte nicht weiter und näher an den frechen Vogel heran.

Der Vogel muß das auch gewußt haben, denn er nutzte die Gunst der Stunde. Er tanzte ihm vor der Nase hin und her, wohlwissend, eine Bewegung hätte gereicht, um den Ast brechen zu lassen, und er hätte immer noch reichlich Zeit gehabt wegzufliegen. Der Vogel hatte einfach die besseren Karten.

Felix trug sein Pokergesicht, scheinbar gelangweilt, auf jeden Fall über die Situation erhaben. Unter dem gelangweilten Blick seiner Augen loderte versteckt ein mörderisches Feuer. Wenn es ihm möglich wäre, hätte er den frechen Piepmatz mit dem Blick in Sekunden getötet. Es ist schon bemerkenswert, wie lange diese Situation dauerte.

Dann wurde der Vogel müde, oder es wurde ihm langweilig, da Felix schon so lange wie eine schwarze Statue auf dem dünnen Ast lag, und er flog davon. Felix nahm das zur Kenntnis mit einem düsteren Blick, er hatte immer noch nicht das Problem, wie er herunterkomme, gelöst. Ein leiser Wind schaukelte den Ast hin und her, die Zeit und nahende Dunkelheit drängten auf eine Lösung. Mit größter Vorsicht und ganz langsam rutschte er immer tiefer auf dem Ast, wohlwissend, dieser könne jederzeit abbrechen. Für mich war das spannender als ein Krimi, und ich ging näher, ihm gut zuredend und lobend. Er war jetzt viel sicherer, blieb auf einem starken Ast schnurrend sitzen und ließ sich von mir bewundern und loben für das Meisterstück.

Dann ließ er sich gnädig auf den Arm nehmen und ins Haus tragen, wo eine feine, leckere Katzenkonserve mit Herz und Leber auf ihn wartete.

Herz und Leber

Ah, ja. Herz und Leber. Immer Sonntag.
Felix mochte diese Mischung.
Er sortierte sorgfältig alle Herzstückchen aus. Sie wurden säuberlich unten an den Rand des Futternapfs gelegt. Herz mochte er nicht. Dabei sah er uns hin und wieder strafend an. Wie eine faule, dumme Dienerschaft, die seiner nicht würdig ist.
Alle unsere Versuche nur Leckerli mit Leber oder mit Leber und einer anderen Fleischsorte zu besorgen, schlugen fehl. Er drehte sich einfach um, zeigte uns gekonnt, wie ein Bodybuilder, seinen schwarzen, muskulösen, schönen Körper von allen Seiten und ging dann mit stolzem Gang und erhobenem Schwanz weg.
Er hat uns dabei immer mit einem entsetzten, wütenden oder vernichtenden Blick bestraft und hat nichts gegessen.
Er rührte das feine Katzengericht wirklich nicht an.
Er hungerte und aß nur frische Mäuse, aber das aufgetischte Leckerli rührte er nicht an. Wir mußten nach einigen Tagen das vergammelte Essen wegwerfen. Unterschwellig keimten in unseren Herzen schwere Schuldgefühle. Oh, je! Felix hat, schon wieder wegen unserer schlechten Wahl bei seinem Essen ein paar Tage gehungert. Jeden Tag kam er, schaute entsetzt, was in seinem Freßnapf lag, und ging beleidigt weg.
Angst kam in uns hoch, er könnte uns verlassen, er könnte nicht mehr kommen... Dann, die Erleichterung, er frißt schon wieder...
Es mußte wieder Herz mit Leber am Sonntag serviert werden, damit Felix die Genugtuung hatte, die Herzstückchen als ungenießbar auszusortieren, und uns das Gefühl geben konnte, wir seien es nicht wert, daß er bei uns wohnt

Die Maus

Es war ein sonniger, ruhiger, warmer Sonntag im Juli.
Eines der Kinder kam angerannt: „Mama, Mama... Komm schnell! Felix hat eine Maus ins Haus gebracht! Sie ist unter dem Tisch und Felix auch!"
Eine Maus? Ins Haus gebracht? Bei dem schönen Wetter? Das kann nicht sein... Was ist in den Kater gefahren? Schnell ging ich ins Wohnzimmer. Unsere vier Kinder und zwei Nachbarkinder lagen auf dem Boden, auf die Ellenbogen gestützt und schauten gespannt unter den Tisch. Ich tat es ihnen nach. Eigentlich wollte ich immer wissen, wie Felix es schaffte so viele Mäuse zu jagen, da er sich ständig so betont lässig und faul bewegte. Das wollten die Kinder bestimmt auch herausfinden. Felix hielt die Maus an der Schwanzspitze, fixiert mit nur einer Kralle und schaute um sich herum. Diese versuchte verzweifelt wegzurennen.

Endlich fand Felix die Zuschauer vollzählig, und die Vorstellung begann. Er schleckte sich die freie Pfote sorgfältig und ausgiebig sauber, Kralle für Kralle. Spannung pur. Dann ließ er die Maus los. Diese schaute sich überrascht um und rannte in die andere Richtung. Felix streckte die frisch geputzte Pfote aus, fuhr die Krallen heraus und rammte sie mitten in die Maus. Ein knirschendes Geräusch war zu hören, als seine Krallen durch den kleinen Körper hindurchgingen. Die Kinder hielten den Atem an, die Augen schauten entsetzt auf die tote Maus.

Felix zog die blutigen Krallen eine nach der anderen aus der Maus heraus und begann sie wieder sorgfältig zu putzen. Wie gebannt schauten die Kinder zu. Ich wußte nicht, was ich machen sollte, wir waren alle wie gelähmt.

Diese Entscheidung nahm mir Felix ab. Nachdem er sich die Pfoten und Krallen geputzt hat, nahm er die Maus ins Maul, legte sie mir vors Gesicht auf den Teppich und ging stolzen Ganges durch die offene Tür in den Garten.

Die Maus war offensichtlich ein Geschenk für mich.
Die Kinder fanden die Vorstellung „stark" und lehrreich, so fangen Katzen eben Mäuse, jetzt wissen sie es.
Sie fanden es auch toll, daß Felix mich beschenkt hat. Und das war interessanter als Fernsehen, da waren sie sich alle einig.
Was ich mit der kostbaren Maus machen sollte, wußten sie nicht. Wir haben dann beraten und gemeinsam beschlossen, die Maus in einem Papiertaschentuch und mit Blumen geschmückt feierlich zu begraben.
Es war schließlich Sonntag.

Später überraschte ich Felix auf einem weißen, bestickten Kissen. Er vermittelte mir das Gefühl, es ist sein gutes Recht darauf zu sitzen. Er saß da schnurrend wie eine schwarze Statue und erwartete Streicheleinheiten, die er mit Genugtuung und Stolz entgegennahm.
Was konnte ich anderes machen wollen am Sonntag, wenn er mir die Ehre erweist, ihn streicheln zu dürfen?

4.
Du sollst mich, deinen Kater, ehren, damit es dir und deiner Familie gut geht in dem Haus, in dem ich mit euch wohne.

Winterspaß

Es war ein wechselhafter Winter, mal viel Schnee, mal Glatteis, wie bestellt, um Autohändlern zu Umsatz zu verhelfen. Es war nicht schön, jeden Tag mal Eis zu kratzen, mal mit dem Schneeschieber sich den Weg bis zum Auto und das Auto selber freizuschaufeln.

Es kam dazu eine unerwartete Plage – Marderbiß.

Erst hatte es unseren Nachbarn rechts getroffen, dann die gegenüber, dann die Nachbarn unterhalb von uns. Es ging so weiter, fast das ganze Dorf klagte über Marderüberfälle.

Nur unser Auto blieb davon verschont.

Wir waren sehr erfreut und dankbar, zumal wir uns angeschaut hatten, wie die Innereien eines Autos nach einem Marderbiß aussehen.

In diesem Winter bekamen wir Mäuse auf dem Dachboden. Obwohl wir schweren Herzens Mäusegift unter den Brettern ausgestreut hatten, hörten die Rennerei, Spaß und Spiel in der Nacht nicht auf. Eine Überprüfung der Giftkörner brachte an den Tag, sie wurden nicht gegessen. Vielleicht waren es Ratten und keine Mäuse! Auf unser Nachfragen wurde uns gesagt, daß es gleich sei, die giftigen Körner seien für Mäuse und Ratten. Das war doch verwunderlich, daß Felix dem bunten Treiben kein Ende setzte!!! – Zuletzt hatten wir uns mit der Situation

abgefunden, der Kater konnte die Mäuse nicht unter den Brettern verfolgen, wir warteten geduldig auf den Frühling, dann zögen auch die Mäuse aus.
Außerdem war es in der Nacht recht unterhaltsam das Fangenspielen über unseren Köpfen zu verfolgen, bis die Augen vor Müdigkeit zufielen.

Nach zwei Wochen (der Marderbiß hielt an, alle Dorfbewohner waren davon betroffen, die Nerven lagen blank) bekam ich einen Telefonanruf von unserer Nachbarin.
Gisela bat mich durch die Vordertür zu ihr hinüberzugehen, sie wolle mir etwas zeigen. Ich solle auch durch die Vordertür bei mir hinaus gehen. Ahnungslos ging ich hinüber.

Sie bat mich, mit ihr ins hintere Haus zu gehen und zu uns in den Hinterhof zu schauen. Da sah ich Felix... Ich dachte anfangs, er spiele mit kleinen, wendigen Katzen. *Katzen?!!!*
Nein, unmöglich, Felix würde das nie tun. Nein, keine Katzen, es waren junge Marder – drei Stück. Die Mardereltern saßen auf dem gestapelten Holz und schauten zu. Ich holte tief Luft, oh, Schreck! Wir hatten auf dem Dachboden eine Marderfamilie, keine Mäuse! Ich schaute verdutzt meine Nachbarin an und grinste verlegen. Ihr Auto war schon drei Mal nacheinander von einem Marder angebissen worden. Sie bot mir freundlich einen Kaffee an, den ich dankend ablehnte.
Ich versprach, ihr eine Lösung zu finden.
Jetzt war mir klar, warum wir die einzigen im Dorf waren, deren Auto keinen Marderbiß hatte und warum uns die Leute schief anschauten. Sie dachten bestimmt, bei der Familie geht es nicht mit rechten Dingen zu.

Wie hatte Felix es geschafft, die Marder zu überzeugen, unser Auto zu verschonen??? – Kann ein Kater sich mit den Mardern verständigen? – Wie ist diese Freundschaft möglich? – Warum toleriert er das? – Trainiert er seine Schnelligkeit, wenn er mit ihnen spielt? – Oder bringt er den kleinen Mardern im Spielen Jagen bei? – Warum tolerieren das die Eltern? – Fühlt er sich alleine und braucht Gesellschaft? – Hat Felix vielleicht auch in der Nacht mit ihnen auf dem Dachboden gespielt? – Viele solcher Fragen gingen mir durch den Kopf.

Bewaffnet mit einem leckeren Katzenmenü rief ich nach Felix, um anschließend ein Beratungsgespräch mit ihm zu führen.

Schon nach ein paar Tagen hörte die Herumrennerei über unseren Köpfen in der Nacht auf und auch die Autoüberfälle.

Nach ein paar Wochen fragte mich Gisela neugierig, wie ich das Problem gelöst hätte? Nicht nur sie, auch die anderen Leute im Dorf hatten sich gewundert, daß der Marderspuk so schnell vorbei war.

„Áä… Hmmm… Wie soll ich das sagen? – Ich habe mit dem Kater gesprochen. Er hat die Sache geregelt. Wie er das gemacht hat, weiß ich selber nicht."

Sie schaute mich verdutzt an, machte auf dem Absatz kehrt und ging ins Haus. Ich stand ratlos da. Hätte ich das nicht sagen dürfen? Habe ich sie schockiert? Oder glaubt sie mir nicht? Denkt sie, ich habe eine Schraube locker? Ich habe schließlich die Wahrheit gesagt.

Nach dieser Geschichte waren wir den Leuten im Dorf noch suspekter. Gisela hat bestimmt weitererzählt, daß ich mit dem Kater geredet habe, damit dieser mit den Mardern spricht, damit diese keine Autoschläuche mehr durchbeißen.

So ein Vorgehen ist eindeutig nicht normal.

Nach der geregelten Arbeit hat es sich Felix gegönnt auf dem schönsten Kissen zu schlafen. Weiß bestickt. Im Wohnzimmer. Ein schöner Anblick, eine schwarze Katze auf einem atemberaubend schönen, weiß bestickte Kissen.

Felix wußte, wie man Dankbarkeit erzwingt und genießt.

Er hatte die Marder von unserem Auto ferngehalten, *er* hatte sie auch überzeugt, das Dorf zu verlassen. Also!
Wir sind immer wieder überrascht, welchen künstlerischen Geschmack Felix hat. Er wechselt überraschend seinen Schlafplatz, schläft dabei nie schäbig, sondern immer teuer und ungewöhnlich.

Auf der mit einer weißen Haube frischbezogenen Waschmaschine, auf der duftenden, frisch zusammengelegten Wäsche, auf dem weißen Schaffell, das gerade zum Lüften auf dem Fenstersims lag, auch in meinem Arbeitszimmer, auf dem Sofa, frischbezogen mit weißen Decken – dort überall schläft er;
im Sommer auch mal in den Blumenkästen, gerade wo die schönsten, duftenden und üppigsten Blumen blühen;
im Winter auch im Vogelhäuschen, in der Hoffnung einen verirrten Vogel doch zu erwischen, und wenn nicht, dann dem frechen Vogelschwarm zu zeigen, wer hier das Sagen hat.
Auch beim Nachbarn im duftenden Heu kann man im Winter ein Nickerchen halten, da er leider keine Katzen hat (ätsch!!!) und ein guter Jäger sehr gern gesehen wird;
auch oben auf dem gestapelten Holz, wenn gerade Bettwäsche zum Lüften ausgebreitet wird; und auf der Terrasse in der weißen Hängematte auf einem weichen Kissen.
Manchmal kann es nicht teuer genug sein.
Ich fand ihn schlafend auf meinem frisch zusammengenähten und gerade fertig gestrickten Angorapullover. Aber auch meine aufwendig selbstgestrickte Mohairjacke fand er gut genug, um darauf zu schlafen.

5.
Du sollst nicht töten. Du sollst keine Mäuse vergiften oder in grausigen Fallen töten.
Denn diese gehören nur mir allein, wie auch *alle* anderen Tiere im Haus, Wald und Flur, nur ich habe das Recht über deren Leben und Tod zu entscheiden.

Der Kanarienvogel (Teil 2)

Es war ein regnerischer Morgen, ich war gerade vom Einkauf zurück und hantierte mit Lebensmitteln in der Küche und im Kühlschrank, als ich oben etwas poltern hörte.
Hm? – Hatte ein Kind den Schulbus verpaßt? –
Ich ließ alles liegen und ging nach oben.

Auf dem Flur saß – aufgeregt mit peitschendem Schwanz und glühenden Augen – Felix. Vor ihm war der leere Vogelkäfig zu sehen. Der Draht zeigte große Löcher, die Türen waren weggerissen, die Drahtstäbe ganz auseinander gebogen, der Käfigboden war nirgendwo zu sehen.
„Der Vogel!" schrie ich entsetzt, „Felix! Du hast den Kanarienvogel gefressen!!! – Du!!! – Du Bestie! – Du Miststück! – Du Verbrecher! – Das ist der vierte Kanarienvogel… Du Teufel! – Wie kannst du mir so etwas antun?"
Ah, da lag der Käfigboden. Kurz entschlossen schnappte ich mir den Kater, stülpte über ihn den kaputten Käfig und setzte mich darauf. Seine Klagerufe und seine Versuche, sich aus

dem Käfig zu befreien, überhörte ich. Ich schaffte es sogar, den Käfigboden unterzuschieben und zu befestigen. So!
Ich klemmte den Käfig unter einen Stuhl und diesen klemmte ich mit der hinteren Lehne unter die Türklinke im Badezimmer.
Felix tobte im Vogelkäfig wie ein Wahnsinniger!
Ich sah mich um. Was für eine Verwüstung!!! Der Käfig war vom Fensterbrett durchs ganze Zimmer geschleift worden, dann durchs nächste Zimmer hindurch, dann den ganzen Flur entlang bis kurz vor die Tür. Das sind fast 10 Meter. Da lag die kleine Badewanne, zerbrochen, dort die ausgerissene Drahttür, da hinten die andere, auf dem Boden Vogelsand und auf der Seite der Futternapf und hinter mir der andere Futternapf und überall kleine Körner, und der Vogel war bestimmt in seinem Bauch, – nicht schon wieder! – Ich setzte mich auf die Bettkante und fing an verzweifelt zu weinen.
In dem Moment hörte ich ein Piep!
Der Kanarienvogel!

Er saß auf dem Fenstersims und ließ sich ohne Widerstand in die Hand nehmen. Hastig untersuchte ich ihn nach Bißwunden und betete ohne Unterlaß, der liebe Gott soll ein Wunder geschehen lassen, daß dieser kleine Kanarienvogel nicht stirbt.
Alle Vögel, die mit Felix Bekanntschaft gemacht hatten, waren an inneren Verletzungen gestorben. Aldoro schien gesund zu sein, nur erschöpft, er wirkte auf mich wie am Ende seiner Kräfte. Wohin jetzt mit Aldoro, in seinem Käfig war Felix, der jetzt beängstigend laut miaute, knurrte und fauchte.
Ich rannte die Treppen hinunter mit Aldoro in der Hand.
Nein, die anderen Käfige, die wir für die Rettung anderer Tiere benutzt hatten, waren nicht geeignet. Kurz entschlossen steckte ich den erschöpften Vogel unter mein T-Shirt und fuhr in die Stadt. Ich kaufte einen neuen Vogelkäfig und fuhr umgehend zurück. Meine Angst, Aldoro sei an meiner warmen Brust

gestorben, war unbegründet. Er hatte die Augen geschlossen, aber sein tapferer Herz schlug schnell.

Ich richtete seinen Käfig, mit Vogelbad, mit Sand und Futter, Salat und hart gekochtem Ei, Hirsekolben und einem Stück Apfel wieder her und setzte den Vogel hinein.

Aldoro saß schwer atmend auf der Stange.

Hinter mir war ein schreckliches Knurren zu hören. Felix!

Seit über einer Stunde war er im Vogelkäfig gefangen und konnte sich nicht befreien.

Jetzt war ich erschrocken über meine eigene Courage.

Der Kater wird mich bestimmt umbringen, sein Stolz und seine Würde waren erheblich ramponiert durch diese spontane Strafmaßnahme. Er wird mir das nie verzeihen.

Ich nahm meinen ganzen Mut zusammen und trat ihm entschlossen entgegen, erzählte ihm etwas über böse Katzen, die gefangengehaltene Vögel nicht essen dürfen, und daß er jetzt selber sehen kann, wie das ist, in einem Käfig gefangen zu leben. Das solle ihm eine Lehre sein, er darf den Vogel nicht fressen. So! Wenn er mir das verspricht, dann lasse ich ihn jetzt frei. Er knurrte mich an wie tollwütig, ich traute mich nicht nahe an den Käfig. Was sollte ich tun?

Aus der Klemme befreite mich mein Mann. Er stand in der Tür und fragte verwundert was denn passiert sei?

„Wie ist der Kater in den Käfig gekommen? Und wo ist der Vogel, der darin war?" Ich wollte ihm nicht viel erklären, ich wollte nur Felix aus dem Vogelkäfig herausbekommen, der wieder einen Tobsuchtsanfall bekam. Mein Mann machte kurzen Prozeß, er nahm den Stuhl mitsamt Käfig, der fest darin steckte, und brachte ihn in den Hinterhof, ohne auf die beängstigenden Proteste des Katers zu hören. Dort zog er sich feste Baulederschuhe an und öffnete den Käfigboden. Felix zischte heraus wie ein Pfeil mitten auf den Hof, blähte sich wie ein schwarzer großer Panther auf, brüllte uns an in einem Ton und einer Stärke, die an einem Urwaldungeheuer erinnerte und ging laut knurrend in den Wald.

Das war für mich zuviel, die Spannung fiel von mir ab, ich fing an zu zittern und zu weinen. Schluchzend erzählte ich meinem Mann, wie sich alles zugetragen hatte. Wie der Kater in den Käfig kam und der Vogel in einen neuen Käfig. Er bewunderte mich für mein entschlossenes Durchgreifen.
Ich war aber schwer mit Sorgen beladen. Nicht, daß Felix diese Strafe nicht verdient hätte, aber er hatte den Vogel nicht erwischt und trotzdem so lange eingesperrt in dem Käfig ausharren müssen. Ich mußte meinen Verstand verloren haben, meinen Kater so behandelt zu haben. Meine Schulgefühle waren schrecklich. Was ist, wenn er uns verläßt? Ich würde mir das nie verzeihen. Sowohl mein Mann wie auch die Kinder waren überzeugt, Felix würde es nirgendwo besser gehen als bei uns, er kommt bestimmt wieder. Sie waren stolz auf mich, ich nicht.

Drei Wochen lang rief ich mehrmals am Tag nach Felix, brachte ihm in den Wald sein Lieblingsessen, Leber mit Herz, um am nächsten Tag das Essen unversehrt wiederzufinden.
Kein Tier traute sich in Felix' Revier zu kommen. Felix war verschwunden, vielleicht für immer. Er fehlte uns allen seine stattliche Erscheinung, seine Ansprüche, seine Launen, seine dominante Art mit uns umzugehen, wir waren alle traurig.
Aldoro sang zwei Wochen nicht, wir dachten schon, er stirbt.
Aber dann an einem Morgen fing er wieder an zu singen, es war ein großer Trost. Wir hatten ihn jetzt, wo Felix nicht mehr bei uns wohnte, auf den Balkon umgesiedelt, abends brachten wir den Käfig wieder hinein wegen der Kälte.
Es war Sommer, warm und schön, mein Herz war so traurig und so Schuld beladen, ich wurde depressiv.

Immer wieder bekam ich Weinkrämpfe und konnte nur an eines denken: Wenn Felix etwas passiert, bin ich schuld daran.

An einem Nachmittag kam mein Jüngster zu mir:
„Mama, komm mit, aber leise…!"
Er ging mit mir an die Balkontür. Auf dem grünen Rasenteppich lag Felix und schaute dem Kanarienvogel zu.
Dieser sang aus voller Kehle und bemerkte den Kater nicht.
Oh, Schreck, wie abgemagert und drahtig war Felix geworden!
Er hatte drei Wochen gehungert, er hatte bestimmt an uns gedacht, daß wir ihn so sehr vermissen. Vielleicht hatte er gehört, wie ich gestern nach ihm gerufen hatte.
Er war wieder da!
Schnell lief ich in die Küche, öffnete einen Katzenleckerbissen und rief nach ihm, als ob ich nicht wüßte wo er wäre.

Er kam stolz und langsam und schaute mich vorwurfsvoll an, als ob er sagen wollte:
„Schau mich an! Du hast mir Unrecht getan."
Er schnurrte nicht, er kam mir stolz entgegen, er wartete auf eine Entschuldigung. Er saß da, fordernd vor mir. Ich sprach lange mit ihm, ich entschuldigte mich, ich erklärte ihm auch meine Gefühle ihm gegenüber, aber auch über mein Bedürfnis einen singenden Vogel im Haus zu haben, der von ihm nicht gefressen werden darf.
Dann haben wir uns versöhnt, Felix kam näher und ließ sich streicheln. Das tat mir so gut, dem Kater auch, aber er gab das nicht zu, er schnurrte nicht, sein verletzter Stolz brauchte noch eine Weile.

Meine Familie schaute mit Abstand zu. Sie sagten mir nachher, unser Gespräch war so schön zu sehen, wie in einem Film. Ich war glücklich, Felix war wieder da. Nach und nach lief alles wieder in geregelten Bahnen. Der Vogel war für ihn uninteressant, er wurde nicht mehr beachtet.

Die Türen konnten ständig offen bleiben.

Kann es sein, daß der Aufenthalt im Käfig Felix geholfen hat, das Leben aus einer anderen Perspektive zu sehen?

6.

Du sollst nicht den Bund, der sogar über der Ehe steht, brechen mit deinem Kater.

Du darfst keine anderen Katzen, Hunde, Hasen, Hamster, Meerschweinchen oder sonstigen Tiere streicheln, denn diese Tat ist in meinen Augen ein Greuel.

Scharan

Es klingelte an der Tür. Vor mir stand eine schmächtige Frau, die mich fragte, ob das Kätzchen vor unserem Haus am Straßenrand uns gehört. Das Kätzchen schien verletzt zu sein.

„Wir haben kein Kätzchen, nur einen ausgewachsenen Kater, Felix!", sagte ich. Zusammen gingen wir hin; völlig durchnäßt und zitternd kauerte sich ein kleines graues Bündel zusammen. Ich nahm das Tier ins Haus. Es war ein Katerchen und sehr, sehr krank.

Er war bestimmt aus einem Wurf verwilderter Katzen.

Ein Auto hatte es zusätzlich erwischt, es hatte eine lange Schürfwunde am Rückgrat. Dem Kleinen tropfte eiternde Flüssigkeit aus der Nase, den Ohren, Augen und dem After.

Es war ein unerträglicher Gestank. Ich wollte aber nicht, daß es draußen im Schnee stirbt und im Einverständnis mit der gesamten Familie hatten wir beschlossen, die wenigen Tage, die der Kleine zu leben hatte, wollten wir diesen Gestank aushalten. Das Katerchen war sehr geschwächt und alle unseren Bemühungen ihn zu füttern scheiterten.

Felix war über den Gestank so entsetzt, daß er das Weite suchte. Mein Mann sagte, es täte ihm im Herzen weh zu sehen, wie das Tier sich quäle, wir sollten es einschläfern lassen.
Damit war ich gar nicht einverstanden, ich war der Überzeugung, nur Gott hat über Leben und Tod zu entscheiden, nicht wir Menschen mit unserem begrenzten Verstand. Ich bastelte dem Kleinen ein warmes Nest in Ofennähe und stellte mich darauf ein, ihn eines Morgens tot vorzufinden. Trotzdem versuchten wir ihn zu füttern, was nicht gelang. Nach einer Woche Qual, während der Unmengen an Eiterflüssigkeit den kleinen Körper verlassen hatten, staunte ich eines Morgens, denn der Freßnapf war leer und das auf Haut und Knochen abgemagerte Katerchen schien einen kleinen Ball verschluckt zu haben.
Die Freude war sehr groß. Es tropfte immer noch Eiter aus allen Öffnungen, aber der Kleine hatte zum ersten Mal etwas gegessen. Nach zwei Tagen aß er wieder etwas und versuchte sogar aufzustehen. Nach einer Woche konnte er sogar laufen, er fiel immer wieder hin und konnte noch nicht schnurren, aber sein Lebenswille war erwacht.

Die graue Zeichnung war wunderschön, wir tauften ihn Scharan, da er wunderschöne, orientalische blaue Augen hatte.
Er war sehr sanft und lieb, alle hatten ihn ins Herz geschlossen. Nach ein paar Wochen war unser Kleiner auf den Beinen und konnte sogar schnurren. Sein Appetit war beträchtlich und er wuchs zu einem großen stattlichen Kater heran, zwei Mal so groß wie Felix.
Sobald Felix mitbekam, daß Scharan im Haus akzeptiert wurde, fing er an, ihn zu prügeln. Unsere Bemühungen, ihm das zu ersparen, blieben erfolglos. Sobald Scharan nicht unter unserem Schutz stand, wurde er verprügelt. Wir hatten Felix Leckereien gekauft, ihm erklärt, daß er unser allerliebster und erster Kater sei, wir streichelten Scharan nur in Felix'

Abwesenheit – nichts hatte geholfen. Je größer Scharan wurde, um so schlimmer wurde er verprügelt.

Felix lauerte ihm im Wald, hinterm Haus, auf dem Parkplatz, auch im Haus auf, überall… Ich konnte mich erinnern an das letzte Mal, als ich Scharan streichelte.

Ich merkte gar nicht, daß Felix voll schwarzer Gedanken zuschaute. Als ich ein leises Geräusch hörte, sah ich, wie Felix beleidigt draußen ging. Oh, Schreck! Er hatte gesehen, wie ich Scharan streichelte. Dieser ging nach einer Weile sorglos hinaus.

Auf dem Parkplatz wartete Felix auf ihn.

Die Prügelei war schrecklich.

Felix riß ihm ganze Fellstücke heraus. Schwerverletzt, blutend, mit einem zur Hälfte weggerissenen Ohr, lief Scharan fort und kam nicht mehr wieder. Wir waren alle ganz entsetzt über solche Brutalität und suchten nach ihm. Er blieb verschwunden.

Dieses Schicksal ereilte alle Katzen, die wir in unserer Gutmütigkeit aufgenommen hatten. *Ausnahmslos.*

Felix blieb bis heute der alleinige Herrscher in unserem Haus.

Meerschweinchen Susanne

Wir haben nachgegeben. Unsere Nachbarn sind in den Urlaub gefahren und haben uns für 10 Tage ihr Meerschweinchen in Pflege gegeben. Ich dachte, das geht doch, die anderen Familienmitglieder waren sehr skeptisch und schielten zu Felix hinüber, der total unbeteiligt sich die Krallen leckte.

Unbeteiligt? – Schlagartig konnte ich mich an mehrere Situationen erinnern, bei denen ich das Gefühl gehabt hatte, Felix besitze telepatische Fähigkeiten. War das Krallensäubern eine Warnung? – Ah, wo! Ich winkte innerlich ab und beachtete ihn nicht mehr.

Nun kam der Tag als das Meerschweinchen Susanne für eine kurze Zeit unser Gast wurde. Erinnerungen kamen bei uns allen hoch an unsere eigenen Meerschweinchen, wie sie Babys bekommen hatten, wie schön alles gewesen war, mit welcher Hingabe und Freude diese Babys empfangen worden waren.

Wie unsere Kinder von der Schule voller Ungeduld nach Hause geeilt waren in freudiger Hoffnung, daß unsere Sau die Kinder noch nicht bekommen hatte. Damit die Mama-Sau auch mit Streicheleinheiten unterstützt werde bei der Geburt…

Damals hatten wir den Felix nicht gehabt.

Die Susanne war nicht schwanger, aber lieb und gesprächig, so daß jeder sie auf dem Arm hatte und streichelte. Wir hatten gar nicht bemerkt, wie Felix sich angeschlichen hatte.

Auf einmal war ein deutliches Schnurren unter dem Tisch zu hören. Das war bestimmt eine Warnung… Ich traute ihm keine ehrliche Freude zu. Die anderen hatten dem Schnurren keine Bedeutung beigemessen oder vielleicht gar nicht hingehört und spielten weiter mit dem Schweinchen, das glücklich gluckste und quiekte.

Auf einmal hörte das Schnurren auf… Nach einer kurzen, gekonnten Pause hörte man Felix' Krallen, wie sie den Teppich zerfetzten. Felix schärfte sich die Krallen immer im Wald, nie im Haus. Susanne hörte schlagartig auf zu quieken, wir alle sechs wurden stumm. Das Krallenschärfen war bedrohlich zu hören. Wie ein gekonnter Schauspieler, nachdem die erwartete Publikumsreaktion eingesetzt hat, kam Felix mit funkelnden Augen heraus. Schaute uns mit einem vernichtenden Blick an und ging erhobenen Schwanzes durch die offene Tür.

Es war so still, man hätte eine Nadel fallen hören können.

Das Schweinchen rührte sich nicht.

„Mama", sagte Ferdinand, „es wäre vernünftig, das Meerschweinchen bei mir im Zimmer aufzubewahren.

Ich sorge dafür, daß die Tür verschlossen bleibt. Schließlich wollen unsere Nachbarn ihr Haustier zurückhaben."

Susanne verbrachte 10 traurige Tage. Immer eingesperrt, wie in einem Hochsicherheitstrakt, gut versorgt mit Löwenzahn und Gras, aber nie frei, wie unsere gewesenen Schweinchen, die glücklich im Garten hatten spielen und grasen dürfen.

Wir waren sehr erleichtert, als wir Susanne unversehrt den Nachbarn übergeben konnten. Wir hatten es geschafft, 10 Tage Felix davon fernzuhalten, das war eine Leistung.

7.

Du sollst nicht stehlen. Du sollst die von mir als Geschenk gebrachten Mäuse oder anderen Tiere nicht stehlen, nicht von der Haustür entfernen, denn sie sind ein Beweis meiner Liebe zu dir.

Das Geschenk

Die Kinder waren in der Schule. Schnell nahm ich den Einkaufskorb, der schon seit dem Abend auf dem Flur bereitstand, und mit dem Einkaufszettel in der Hand marschierte ich bald gut gelaunt durch die vollen Regale.
Auf dem Korb war eine schön bestickte Tischdecke als Überwurf, nicht daß ich meinen Einkauf vor neugierigen Blicken schützen wollte, viel mehr wollte ich, daß diese schöne Arbeit spazieren getragen wird, um bewundert zu werden.
Es war nicht zum ersten Mal, daß ich darauf angesprochen wurde. Immer wieder hob ich die schön bestickte Tischdecke und legte in den Korb das, was auf der Liste stand.
Ich hatte es eilig, bald stand ich an der Kasse und lehrte meinen Korb auf das laufende Band. Der Korb war fast leer; als ich wieder hineingriff, erwischte ich etwas Weiches… Pelz!

Oh, Schreck! Was, um Gottes Willen, war das?
Ich schaute nach. Nein, keine Ratte, keine Maus, kein toter Vogel. Es war ein totes Tier mit glänzendem, schwarzem Fell.
Man konnte keine Pfoten sehen und der Kopf war nach unten gedrückt. Es sah aus wie ein schöner, schwarzer, glänzender,

mittelgroßer Fellball. Felix hatte sich bestimmt Mühe gegeben, um es für mich so schön rund und ansprechend zu präsentieren. Die Kassiererin fragte mich, ob ich alles aus dem Korb auf dem Band hatte. Hastig deckte ich Felix Geschenk wieder zu und versicherte ihr lächelnd, ich hätte alles auf das Band gelegt.

Etwas mißtrauisch fing sie an meinen Einkauf durch den Scanner zu ziehen. Ich legte alles in den Korb *auf* die bestickte Decke, bezahlte und ging, gefolgt von den wachsamen Blicken der Kassiererin. Es kam aber niemand hinter mir her auf den Parkplatz, um meinen Einkauf zu kontrollieren.

Jetzt hatte ich Zeit, mir das tote Tier aus der Nähe anzuschauen… Nein, dazu kam ich nicht, denn eine Bekannte grüßte und verwickelte mich in ein Gespräch.

Also, es wurde nichts daraus, ich legte den Korb in den Kofferraum und fuhr wieder heim.

Während der Fahrt ging mir einiges durch den Kopf.

War es für Felix eindeutig, daß ich heute einkaufen will? – Wie hat Felix es geschafft, die bestickte Tischdecke über das tote Tier zu ziehen? – Was ist das für ein Tier? – Hat er schon damit gerechnet, daß ich den bereitgestellten Korb nicht nochmals inspiziere? – Obwohl klar ist, daß es ein besonderes Geschenk ist, mußte es deswegen in den Einkaufskorb? –

Ich war bald zu Hause angekommen.

Auf dem Parkplatz wartete schon Felix auf mich, schnurrend begleitete er mich bis ins Haus. Ich legte den Korb auf den Boden, nahm alles heraus, was auf der Tischdecke lag und legte es auf den Tisch. Dann zog ich die Tischdecke zur Seite.

Der glänzende, schwarze Ball aus Fell war in der Mitte zu sehen. Felix bekam plötzlich glänzende Augen, sein Schnurren verstärkte sich, auffordernd rieb er sich an meine Füße und ermunterte mich genauer nachzuschauen. Er stieg in den

Einkaufskorb, stupste mit der Nase dran, stieg wieder aus und stolzierte mit erhobenem Schwanz, laut schnurrend herum.

Ich zog mir Einmalhandschuhe an und unter seinen freudigen Blicken, aber mit gemischten Gefühlen, faßte ich den Fellball an, drehte ihn um.

Es war ein relativ großer Maulwurf.

Felix war bestimmt nicht auf seinen Erfolg als Jäger stolz, sondern auf das schöne, glänzende Fell des Maulwurfs. Er hatte ihn nicht gegessen, nicht in Stücke zerfetzt wie die Mäuse, sondern nur getötet und unversehrt, wie eine Kostbarkeit, in den Einkaufskorb gelegt. Wohlbemerkt nicht vor die Tür, nicht auf dem Teppich im Flur, nicht auf die erste Treppe. In den Korb.

Es war ihm offensichtlich sehr wichtig, daß *ich* ihn finde.

Dementsprechend erwartete er von mir die wohl verdiente Anerkennung. Noch tat ich mich schwer damit, streichelte ihn lobend, vor allem aus Dankbarkeit, daß er den Maulwurf nicht in Stücke gerissen hatte. Schweren Herzens bat ich ihn solche Kostbarkeiten doch am Leben zu lassen. Stolzen Schrittes ging er hinaus. Seit dem Tag bin ich von der Fähigkeit der Katzen, Schönheit zu erkennen und zu würdigen, fest überzeugt.

Liebesbeweise

Davon haben wir immer wieder welche gerettet.

Eine mühsame Jagd, an der sich die ganze Familie beteiligt hatte, fand statt, als Felix uns ein kleines Eichhörnchen brachte, um wohl in aller Ruhe mit ihm auf dem Flur zu spielen, bis er es schließlich töten würde. Wir hatten diesen Frühling schon zwei Mal auf der Türschwelle buschige Eichhörnchenschwänze als Geschenk gefunden.

Es war offensichtlich, daß Eichhörnchen sehr gut schmecken.
Diesmal hatten wir beherzt eingegriffen und das kleine Eichhörnchen gefangen, in einen größeren Vogelkäfig gesteckt und gut zwei Wochen durchgefüttert.

Überrascht stellten wir fest, daß Felix keine Anstalten machte, das Eichhörnchen zu fressen. Es war für ihn nicht mehr interessant. Im Gegenteil, schnurrte er, als er es sah, wahrscheinlich, weil sein Geschenk auch lebendig von uns gewürdigt wurde. Oder weil für Felix die Käfighaltung mit eigener schlechter Erfahrung verknüpft war? – Oder weil ein gefangenes Tier es nicht wert war als Beute angesehen zu werden? – Wer weiß?
Das Eichhörnchen wurde gut gemästet freigelassen.
Das hat an Felix' Gewohnheit, Eichhörnchen zu fressen, nichts geändert, er ließ sich nur nicht mehr erwischen und brachte sie nicht mehr ins Haus. Nur die schönen, buschigen Schwänze legte er uns Jahr für Jahr vor die Tür, damit wir uns weiter ärgern konnten.

Genauso verfuhren wir mit verschiedenen Vögeln, die wir aus seinem Maul retten konnten, die leider alle gestorben sind. Eines Tages brachte Felix gleich drei ausgewachsene Blindschleichen, um mit ihnen ausgiebig zu spielen, bis sie an den Verletzungen und aus Erschöpfung starben.
Ihren qualvollen Tod verhinderten wir erfolgreich, auch in der freien Natur. Sobald wir sahen, der Kater hatte ein Tier erwischt, eilten wir seiner Beute zur Hilfe.
Felix nahm uns dieses Benehmen übel.

Als Strafe legte er uns andere schrecklich zugerichtete Tiere vor die Tür. Nein, nicht als Geschenk, sondern als Rache für uns und Belustigung für ihn. Er saß nämlich auf dem gestapelten Holz vorne, nicht weit von der Eingangstür. Er wußte, wann die Postfrau kam, die Angst vor Mäusen hatte und sich vor Innereien und Mäuseköpfen mit offenen, glänzenden Augen ekelte und zu weinen anfing. Ich war untröstlich, nicht rechtzeitig die zerrissenen Mäuse entfernt zu haben und entschuldigte mich immer wieder, bis die entnervte Postfrau drohte, uns die Post und die Pakete auf den Bürgersteig zu legen, da sie den Anblick der zerrissenen Mäuse, Ratten, Eidechsen, Blindschleichen und Vögel vor unserer Eingangstür nicht mehr ertragen konnte.

Sie war auf dem besten Weg, eine Neurose zu bekommen und wollte sich deswegen nicht krank schreiben lassen. Meine Entschuldigung, ich hätte eben vor einer Viertelstunde nachgeschaut und es sei nichts dagelegen, ließ sie nicht mehr gelten. Felix hatte Freude an ihrer Reaktion und an meiner Verzweiflung, ich erkannte das an seinem zufriedenen Blick.

Anscheinend unbeteiligt und gelangweilt lag er da auf dem Holz, nachher ging er wieder. Tadeln, erhobener Zeigefinger, sogar Familienmitgliedersitzung und unsere Entscheidung, keine Katzen-Leckereien zu geben, alles nahm er in Kauf, um die tägliche Vorstellung mit der weinenden, verzweifelten Postfrau immer wieder zu genießen.

Er hatte die toten Tiere irgendwo versteckt, nahm sie im letzten Moment heraus und legte sie vor die Tür, wenn er sah, daß die Postfrau beim Nachbarn war. War ich auf zack und wartete auf die Post, rührte er sich nicht, aber am nächsten Tag oder zwei Tage später lag die doppelte Menge an verstümmelten Kadavern vor der Tür.

Es kam, wie es kommen sollte, die Postfrau wurde krank oder wechselte ihren Arbeitsplatz und kam nicht mehr.

Die Neue beachtete die zerrissenen Mäuse nicht – wahrscheinlich war sie gewarnt worden –, und Felix empfand keine Freude mehr, wenn die Post kam. Nach und nach wurden die toten Tiere weniger und die Häufigkeit ließ auch nach.

Zu guter Letzt brachte er uns unversehrte tote Mäuse vor die Tür. Wir atmeten auf. Gott sei Dank!

8.
Du sollst nicht falsch Zeugnis reden wider mich (mich schlecht machen), denn ich beschütze und bewache dein Haus, damit keine Mäuse sich an deinen Vorräten satt essen, und kein Tier sich deinem Haus nähert.

Gefahr an der Katzentür

Es war spät, nach elf Uhr nachts, und ich hatte keine Lust wegen eines Messers, das in die Schublade in die Küche gehörte, die Treppen herunterzulaufen. Ich mußte aber aufpassen und das Messer so auf den Flur nach unten werfen, daß es flach auf den Teppich kam, damit keine Löcher entstanden. Morgen früh würde ich es mit in die Küche nehmen. Ich überlegte mir noch die Wurfrichtung und warf das Messer.

In dem Moment kam Felix durch die Katzentür mit einer zappelnden Maus im Maul. Das Messer landete auf der Spitze direkt vor ihm, blieb im Teppich stecken und wippte leicht hin und her. Felix schaute zu mir hoch, die Maus piepste.
„Oh, Felix, Entschuldigung … woher sollte ich wissen daß du kommst!" stammelte ich und kämpfte mit einem Lachanfall.
Felix setzte sich hin und mit einem wütenden Blick auf mich und ließ die Maus los. Diese blieb erstmal erschrocken stehen. Der Kater stand auf, drehte sich um und ging durch die Katzentür wieder hinaus.

–„Nein!" schrie ich, „Nein! Bitte komm zurück und hol die Maus! – Felix! Hol die Maus sofort wieder! – Felix!"
Von meiner Stimme erschrocken rannte die Maus weg.
Sie lief zwischen die Schuhe. Von meinen Rufen alarmiert waren alle vier Kinder, die Oma und mein Mann gekommen.
Die Maus-Jagd begann, jeder bewaffnete sich mit dem, was er dachte, daß es Erfolg bringt: Handschuhe, Besen, Konservendose, Küchentuch. Ich ging hinaus laut nach Felix rufend, es war dunkel und es regnete.
Felix war bestimmt beleidigt und an einem trockenen Plätzchen. Er hatte viele Beobachtungsposten um das Haus herum. Ich rief noch ein paar Mal nach ihm, suchte nach ihm an bestimmten Plätzen, versprach Leckereien, wenn er doch kommen würde, bettelte, drohte, zu guter Letzt gab ich es auf. Es war hoffnungslos, einen schwarzen Kater in der verregneten schwarzen Nacht zu suchen, wenn er selber nicht kommen wollte.

Enttäuscht und durchnäßt ging ich wieder hinein.
Meine Familie hatte viel Spaß am Mausfangen. Die Maus war flink und entwischte immer wieder, vom Flur kam sie in die Küche, von dort weiter ins Wohnzimmer. Oma kam jedem in die Quere, mein Mann versuchte die Schlacht zu organisieren, die Maus machte allen einen Strich durch die Rechnung, alle schrieen durcheinander und keiner fing sie.
Ich machte den Spaß nicht mit, ich setzte mich nachdenklich auf einen Stuhl. Einer der Kinder kam mit dem Messer in der Hand, um mich zu fragen ob ich damit nach der Maus geschmissen hätte.
„Nein. Nach Felix!" Die Jagd hörte augenblicklich auf.
Alle starrten mich an. Die Maus huschte unter den Fernseher.
„Nein, nein, eigentlich nicht nach Felix, es war nur ein Zufall, das wollte ich nicht, aber ich hätte Felix fast getroffen! Und dann hat er die Maus freigelassen…"

– „ Auweia!!", sagte der Kleine, nahm das Messer und legte es in die Spüle.

Erschöpft beendete meine Familie die Mäusejagd.

„Es ist schon ein Uhr in der Nacht, macht mal Schluß für heute. Morgen müssen alle früh aufstehen, die Maus kann warten. Vielleicht kommt Felix herein und fängt sie." sagte ich kleinlaut. Bedeutungsvolle Blicke trafen mich, keiner glaubte daran. Sie sollten Recht behalten.

Die Maus bekam von Felix Narrenfreiheit, sie konnte alles anknabbern, sich überall bewegen, auf die Schränke, Gardinen, Regale klettern, hatte überall Zugang und wurde richtig rund, da sie so gut genährt war. Leider blieb sie flink und konnte auch mit vereinten Kräften nicht gefangen werden.

Sie ging in keine Mäusefalle hinein und fraß auch keine vergifteten Körner, ich glaubte daß Felix sie telepatisch konditioniert hatte.

Mit der Zeit wurde sie immer frecher.

„Hilfe!!! – Die Maus! – Die Maus! Komm schnell, die Maus sitzt auf meinem Kopfkissen, wir müssen sie fangen! Schnell!" schrie die große Tochter. Alle rannten hin, *nur ich nicht*; mein Mann und die Oma waren mit von der Partie, sechs Personen und eine Maus in einem Kinderzimmer. Das konnte nicht gut gehen. Da ging einiges zu Bruch, das Zimmer wurde halb demoliert, aber die Maus nicht gefangen.

An einem anderen Tag rief mein Ältester.

„Alle schnell herkommen! Schnell! Die Maus ist da! – Auf dem Tisch! Sie schaut mich an und putzt sich! – Kommt schnell! Wir können sie fangen"

Von wegen, sie wurde nicht gefangen. Aber meine Familie hatte wieder eine Stunde Spaß gehabt. Erschöpft und müde gab sie die Jagd auf. Aber nicht für lange.

Nach einer Woche hörten wir die jüngste Tochter kreischen:

„Iiiiii! – Die Maus ist da! – Iiii! – Sie ist in meinem Schulranzen! – Meine Hefte, mein Schulaufgaben … Sie frißt sie bestimmt auf … Hilfeeee! – Die Maus!"
Eine Maus im Schulranzen ist bestimmt leicht zu fangen.
Alle rannten hin, die Oma war die erste, dann mein Mann und die Kinder. Als ich von nebenan hörte, was alles zu Bruch ging, dachte ich ernsthaft über ein Jagdverbot nach.

Es war nur eine Frage der Zeit bis sie auch den Jüngsten besuchte. Das war in der Nacht. Auf dem Flur hörte ich leise Stimmen und nackte Füße laufen.
„Psst! Nicht die Mama wecken! Leise! Die Maus ist unter meinem Bett, sie knabbert dort etwas. Wir fangen sie bestimmt! Psst!"
Aha, das sind nur die Kinder!
Ich schickte an den lieben Gott ein Stoßgebet, daß sie es schaffen die Maus zu fangen. Vielleicht geht es besser ohne Erwachsene. Gespannt lauschte ich dem Holterdipolter von nebenan, sie gaben sich wirklich Mühe keinen Krach zu machen. Dann hörte ich sie wieder auf dem Flur miteinander reden.
„Wir müssen die Oma wecken, sie soll in der Tür bleiben und die Maus fangen, wenn wir sie verscheuchen!" Alle waren damit einverstanden, einer ging Oma wecken. Oma kam, alle gingen ins Zimmer, machten hinter sich die Tür zu. Dann ging es los … dann kehrte Ruhe ein! Hatten sie die Maus gefangen? Wieder Stimmen auf dem Flur, sie beratschlagten sich. Mein Mann sollte als Verstärkung geholt werden. Ah, so! Mein Wunsch erfüllte sich noch nicht!
Er schnarchte leicht neben mir. Das Problem war, wie Papa wecken, ohne daß Mama wach wird? Einer traute sich, diese schwierige Aufgabe zu übernehmen. Ich stellte mich schlafend, es war drei Uhr in der Nacht. Mein Mann gesellte sich dazu, im Zimmer nebenan ging es rund.

Ich hielt es nicht mehr aus, stand auf, blieb vor der geschlossenen Tür stehen und lauschte, was dahinter passierte. Die Lampe ging zu Bruch, die Nachttischlampe wurde angemacht, einer schrie, weil er sich das Knie angestoßen hatte, Oma rief: „Ich hab sie!" kurz danach hörte ich das Bett zusammenkrachen. Es gab Gekicher und Streit, Oma hatte die Maus losgelassen, die Jagd ging weiter. Ich fieberte hinter der geschlossenen Tür mit, wie bei einem Fußballspiel. Ich glaubte zu hören, wie der Schrank kaputt ging.

Dann hörte ich meinen Mann triumphierend: „Ich hab die Maus!"

Ganz glücklich machte ich die Tür auf, alle schrien!

Mein Mann erschreckte sich und ließ die Maus los, diese huschte an mir vorbei. Oh, nein!

Angesichts der späten Stunde, vier Uhr morgens, und der Verwüstung, die diese erneute Jagd hinterlassen hatte, beschloß ich ein Jagdverbot auszusprechen. Daß ich daran schuld war, daß die Maus entkommen war, lies mich kalt. Wenn das so weiterging, würden alle Möbel auf dem nächsten Sperrmüll landen, und Geld für neue Möbel wäre nicht da.

Die übrigen Zimmer, wo noch nichts kaputtgeschlagen war, wollte ich retten. Man konnte doch nicht alles im Haus kaputtschlagen wegen einer Maus!

„Mama, jetzt denke mal logisch, eigentlich ist der Kater schuld, weil er die Maus nicht jagen will, und er will das nicht, weil du mit einem Messer nach ihm geworfen hast. Er will *dich* dafür bestrafen und wir müssen das auslöffeln. Du sollst froh sein, daß wir zur späten Stunde die Maus jagen. Hättest du dich jetzt nicht eingemischt, wäre sie nicht entkommen, wir haben alles unter Kontrolle gehabt!" sagte mir mein ältester Sohn, stellvertretend für alle. Oma und die anderen Kindern nickten eifrig, mein Mann schaute sich die Wände an.

Ich hängte mich an die Worten: „… unter Kontrolle *gehabt*!" und schickte sie alle ins Bett. Die Maus bekam lebenslänglich Wohnrecht, die ganze Familie Jagdverbot, ausgenommen Felix, der sich sowieso keine Vorschriften machen ließ.

Wir haben sie schon seit drei Jahren im Haus.

Felix brachte immer wieder Mäuse auf den Flur, besonders wenn es regnete, um im Trockenen mit ihnen zu spielen und sie zu fressen, aber *diese eine Maus*, rührte er nicht an.

Sie wird an Altersschwäche sterben und in einer Ecke vertrocknen.

9.

Du sollst nicht begehren deines Nächsten Haus, weil ich nicht dort wohne, sondern bei dir. Wenn ich dein Haus für gut befinde, darfst du kein anderes haben.

Das schöne Nachbarshaus

Wir haben neue Nachbarn. Das alte Haus nebenan wurde gekauft und sehr schön renoviert, es war nicht mehr zu erkennen. Nach und nach kamen wir uns näher.

Mal tranken wir einen Tee oder ein Glas Wein bei uns hinterm Haus, mal bei ihnen. Ich war immer voller Lob für die schöne Einrichtung und die praktische Erdwärmeheizung.

Mit unseren alten Holzofen kam ich mir vor wie im Mittelalter.

Da Felix wie ein Schatten, fast unsichtbar, uns immer begleitete und seine Augen überall hatte, war ihm bestimmt nicht entgangen, wie sehr wir das gepflegte Haus nebenan loben.

Als wir wieder ausgelassen bei unseren Nachbarn auf der Terrasse plauderten, sah ich im Blickwinkel einen schwarzen Schatten ins Haus huschen. Ah, dachte ich mir, Felix inspiziert auch das schöne Haus. Ich bot mich an, ein Flasche Mineralwasser aus dem Kühlschrank zu holen. Felix saß auf dem Teppich mit einem wütenden Blick, der mich innehalten ließ. Was ist jetzt schon wieder? Was paßte ihm nicht? Was sollte denn das? Hatte ich schon wieder etwas falsch gemacht?

Was war denn? Es war doch nicht normal, wie schnell man sich in Felix' Nähe von Schuldgefühlen überfallen ließ.

Als ich mit der Flasche in der Hand hinausgehen wollte, sah ich, was Felix angestellt hatte. Alle Blumen auf dem Fenstersims waren umgeworfen, eine Gardine war heruntergerissen, die andere zerrissen und Felix pinkelte gerade auf das Sofa. Bevor ich reagieren konnte, kam die Nachbarin auf mich zu. Ich drehte mich wieder um, von Felix keine Spur. Etwas verstört brachte ich die Mineralwasserflasche zum Tisch.

Im Laufe der Zeit kühlte sich das Verhältnis zu unseren Nachbarn immer mehr ab. Immer wenn wir sie besuchten, stellten sie Schäden an ihrer Wohnungseinrichtung fest. Wir konnten es bestimmt nicht sein, da wir auf der Terrasse waren, so wurde ihnen die Sache immer unheimlicher.

Ich schämte mich und stand ständig in einem Wechselbad der Gefühle. Felix' Verhalten wollte ich nicht billigen, aber ihn verraten wollte ich auch nicht. Unsere Nachbarn vor ihm schützen konnte ich nicht, zumal mein Ratschlag, die hintere Terrassentür geschlossen zu halten, sehr mißtrauisch angenommen wurde. Als ob ich wüßte, warum, aber es ihnen nicht sagen wollte; was auch zutraf.

Bei unseren zufälligen Gesprächen hörte ich, was Felix angestellt hatte. Die Nachbarn waren sich sicher, etwas ist im Haus, wahrscheinlich ein Tier, das ihr Haus zerstört. Das Tier war recht unheimlich, nicht zu sehen oder zu hören. Fast jede Nacht, aber auch am Tag ging etwas kaputt. Sie hatten alle Türen und Fenster geschlossen, mal am Tag und selbstverständlich auch in der Nacht, das Tier kam unbemerkt hinein und heraus. Jetzt verschwanden Gegenstände, die plötzlich woanders wieder auftauchten. Alles artete in einem

Psychospiel aus, es wurde immer unheimlicher, als ob das Haus verhext wäre.

Mein Mann nickte eifrig und kassierte von mir einen strafenden Blick. Die Kinder kicherten, standen auf und gingen. Sie hatten bestimmt öfter beobachtet, wie Felix um das Haus der Nachbarn herumschlich. Ich war sehr betroffen.
Ich wußte, welchen grausigen Psychospielen Felix fähig war und hoffte inbrünstig, er würde es mit den netten Nachbarn nicht zu bunt treiben, oder mindestens rechzeitig aufhören, bevor sie in der Psychiatrie mit Verdacht auf Wahnvorstellungen landen.

Die Situation war ernst, aber keiner von uns wollte Felix verraten. Mit Entsetzen sah ich eines Morgens, wie Felix auf dem Vorleger vor der Haustür unserer Nachbarn sein großes Geschäft verrichtete. Diese hielten den Psychoterror nicht länger aus und fuhren für drei Wochen in Urlaub.
Da alle Türen und Fenster fest verschlossen waren, und niemand drin, der sich verrückt machen ließ, verlor Felix das Interesse an das Nachbarnhaus, sehr zu unserer Erleichterung.

Umzug

Wir müssen umziehen, seit zwei Jahren machte mein Mann einen Spagat. Er hatte eine Arbeit weit von zu Hause bekommen, kam nur am Wochenende, war ständig müde und unausgeschlafen, hatte dementsprechend keine Zeit für die Kinder und mich. So ging es nicht weiter, es gab kein Familienleben mehr. Nach mehrmaligem Hin- und Herfahren waren wir so weit, ein passendes Haus wurde gefunden. Wald sollte in der Nähe sein, auch Wiese, die Straße sollte nicht zu befahren sein, aber im Winter gut geräumt. So hatten auch die

Kinder, und selbstverständlich der Kater eine schöne, angenehme Umgebung und die Möglichkeit sich auszutoben.

Der Umzug stand bevor.

Ob Felix damit einverstanden war? Er wußte schon, daß eine Änderung kam. Nach und nach wurden alle Umzugskartons weggeschafft. Die Kinder gingen weiter zur Schule, so daß zu guter letzt nur das Allernotwendigste übrig geblieben war. Felix inspizierte immer wieder das fast leere Haus, bei Gelegenheit erklärte ich ihm, daß er mitkommen sollte. Alles war weg, nur zwei Kinder und der Kater sollten noch abgeholt werden.

Als es so weit war, von Felix keine Spur.

Es war mir klar, er wollte nicht umziehen. Was tun? Rufen, bitten, betteln, drohen… nichts wirkte.

Wir blieben ein Tag länger. Von Felix keine Spur. Den Vorschlag wegzufahren, den Kater ein paar Tage später abzuholen, wies ich entsetzt zurück.

Er würde uns nie verzeihen, ihn verlassen zu haben. Wir müssen geduldig warten, wie ergebene Diener, bis seine erhabene Heiligkeit sich unser erbarmt und gnädig von uns ins neue Haus kutschieren läßt. Ich wagte nicht daran zu denken, was passiert, wenn Felix das neue Haus nicht gefallen würde. Darum war mir jetzt sehr wichtig, dem Kater diesen Umzug angenehm zu gestalten, in der Hoffnung, daß es keine weiteren Schwierigkeiten geben wird.

Am dritten Tag – meine Nerven lagen blank, die Kinder wurden wieder heimisch und besuchten die Schulkollegen – kam ER –

miaute vor der Tür, ließ sich wie gewöhnlich die Tür weit aufmachen und wartete darauf, daß man ihn mit einer Verbeugung bittet einzutreten. Diese Zeremonie hatte unsere große Tochter eingeführt, aus Spaß, wegen der Allüren unseres neuen Haustiers. Felix gefiel das sehr, und er hatte durchgesetzt, daß man ihn so begrüßt und ins Haus läßt. Verlief diese Begrüßung nicht so, wie erwartet, schaute er den Schuldigen strafend an, machte auf dem Absatz kehrt und ging beleidigt.

Er kam erst wieder, wenn er dachte, die durch seinen Blick und seine Abwesenheit erzeugten Schuldgefühle, hätten ausreichend gewirkt.

Er lies sich Katzenleckereien gut schmecken, während ich mich ans Telefon hängte und die verstreuten Kinder nach Hause kommandierte.

Nachher ließ er sich schnurrend streicheln.

Gott sei Lob, sind die Kinder schnell gekommen und halfen mir Felix in den von ihm verhaßten Katzenkorb einzusperren.

Die Weltreise begann. Mit zwei zunehmend belustigten Kindern und einem miauenden Kater, der zwischen den Kindern saß.

Schnell sind wir dahintergekommen, daß Felix Kurven nicht mochte. Immer wenn wir in eine Kurve kamen, miaute er erbärmlich, die Kinder lachten sich tot, ich versuchte so sanft wie möglich zu fahren. Es ging so etwa drei Stunden, die Kinder hatten schon Bauchschmerzen vor Lachen – das war ansteckend –, und Felix versuchte zum ersten Mal sich aus dem Korb zu befreien, was mich mit Entsetzten erfüllte.

Ich fuhr etwas schneller, es war nicht mehr lange, nur noch eine halbe Stunde. Leider war gerade die Strecke bis zum Ziel voll mit kurvigen, verschlungenen Straßen.

Das Miauen gemischt mit Knurren und Jaulen verstärkte sich, das Lachen und Kichern der Kinder erreichte ihren Höhepunkt, und dann passierte das Unfaßbare. Felix befreite sich aus dem Katzenkorb. Er fuhr seine scharfen Krallen aus und brach das Korbgeflecht wie Streichhölzer, plötzlich stand er vor mir an der Frontscheibe, drohend und aufgebläht. Ich sah die Straße nicht mehr und hielt an. Es waren nur noch drei Kurven, dann wären wir in unserem und Felix' neuen Heim.

Felix' Aufforderung, sofort anzuhalten und ihn aussteigen zu lassen, war eindeutig. Aber gerade das wollte ich nicht. Unsere Tochter versuchte ihn behutsam von der Frontscheibe wegzubekommen, auf dem Arm zu halten und ihn zu streicheln. Nach eine Minute war er wieder da, jaulend, miauend, knurrend. Ich hielt wieder an, Kater wieder einfangen, versuchen festzuhalten, anfahren, Kater an der Frontscheibe, anhalten, einfangen, weiterfahren, Kater wieder da, anhalten… und so ging es weiter bis wir auf dem Parkplatz des neuen Hauses angekommen waren.

Wir wollten ihn jetzt wieder in den Katzenkorb bekommen, was gar nicht so leicht war. Mit vereinten Kräften und unseren Jacken und Decken als Schutz vor seinen scharfen Krallen hatten wir das geschafft. Mein Mann schaute entsetzt dem Gewusel im Auto und traute sich nicht die Autotür aufzumachen. Unsere Hände waren blutig gekratzt. Verschwitzt, verkratzt, müde, aber triumphierend stiegen wir mit Felix im Korb aus. Der Korb war fest verschnürt mit Jacken, Decken und Gürtel, innen tobte Felix.

Schnell gingen wir ins Haus, wo wir den Katzenkorb behutsam auspackten, immer beruhigend reden. Alle Türen und Fenster waren verschlossen. Ein Katzenklo war sichtbar unter der Treppe angebracht. Felix checkte kritisch die neue Umgebung, sein Blick ruhte auf dem Katzenklo – und dann kam sein bekannter vernichtender Blick. Was für eine Erniedrigung! Was für eine Schande, er sollte auf das Katzenklo! Pfui! Nein!

Er wollte raus, sofort!

Er stellte sich vor die Tür und wartete. Nein, er befahl uns, daß wir ihm die Tür öffnen. Gerade das wollten wir nicht, er sollte sich erst an das neue Haus gewöhnen, dann an die Umgebung.

Ich redete lang auf ihn ein, erzählte über den schönen Wald und die Wiese und den Bach, über das neue Jagdrevier mit vielen Mäusen, die nur darauf warten von ihm gejagt zu werden. Und über das schöne neue Haus, das jetzt seins ist. Nach und nach beruhigte er sich. Die folgenden Tage verbrachte er mit der Inspektion seines neues Heims und erneuter Versuche hinauszukommen.

Mißtrauisch schauten wir zu, wie Felix' Verachtung vor den neuen Räumlichkeiten immer mehr zunahm. Oh, nein!
Das neue Haus gefiel ihm nicht! Eine Familiensitzung brachte die Entscheidung, wir wollten ihn den Wald und die Wiese inspizieren lassen. Sein neues Jagdrevier läßt bestimmt einen besseren Eindruck entstehen, dann wird er auch das Haus akzeptieren.
Mißtrauisch schaute er sich die neue Umgebung an, den Wald – dann die Wiese – stolzen Ganges marschierte er auf den Wald zu. Wir alle schauten hoffnungsvoll hinter ihm nach, bald würden wir erfahren, ob es ihm gefällt. Abends kam er wieder. Er war schlechter Laune, mürrisch schaute er sich um, aß etwas und ging wieder hinaus.
Meine Vorahnung bestätigte sich, er kam nicht mehr.
Sowohl die neuen Nachbarn, wie auch unsere gewesenen Freunde und Nachbarn wurden alarmiert und versprachen sich sofort zu melden, wenn sie Felix zur Gesicht bekämen. So vergingen zwei Wochen. Wir waren alle von Schuldgefühlen geplagt, jeden zweiten Tag riefen wir an.
Wir haben Vermißtenanzeigen an alle Straßenlaternen geklebt und die Tierheime in unserer Umgebung angerufen. Auch die Tierheime in der Nähe unseres gewesenen Wohnortes.
Dann kam der rettende Anruf! Felix wurde von unseren gewesenen Nachbarn gesehen.

Bewaffnet mit feinen Katzenmenüs fuhren wir zurück zum ehemaligen Haus. Die anderen Kinder, die den Spaß mit dem Miauen in den Kurven nicht erlebt hatten, wollten unbedingt mit. Diesmal hatte ich mir einen Hundekäfig mit Stahlgitter geborgt, der von den Kindern mißtrauisch beäugt wurde. Ob Felix sich darin einsperren läßt?!!! Mir war auch komisch zu Mute, aber es war eine bessere Lösung als ein geflochtener Katzenkorb, der sich von seinen Krallen breit aufschlitzen ließ.
Wir versteckten den Käfig im Kofferraum unter einer Decke.
Zu unserer Überraschung kam Felix uns schnurrend entgegen.
Er dachte bestimmt, wir ziehen ihm zu Liebe wieder ins alte Haus ein. Nachdem er sich hatte füttern lassen, führten wir die vorbereitete Blitzaktion durch: Wir überfielen den Kater mit einer Decke und steckten ihn sofort in den Käfig – Tür zu.
Zu dem normalen Verschluß brachten wir auch noch zwei Schlösser an. Fast erschrocken, daß uns das so gut gelungen war, machten wir uns sofort auf den Rückweg. Felix befreite sich sofort aus der Decke und entwickelte sich zu Katzilla. Mit der Wucht eines Urtiers versuchte er sich zu befreien, sein Knurren und Fauchen waren schrecklich.

Die Stahlkonstruktion hielt stand. Und dann kamen die Kurven.
Er miaute so bunt und vielfältig, daß man lachen mußte. Zwischendurch knurrte er uns an wie ein Hund, da er unser Benehmen ihm gegenüber als unmöglich empfand. Die Angst vor den Kurven überfiel ihn erneut, wir glaubten, sein voller Magen rebellierte. Es wurde wieder eine lustige und spannende Fahrt, wir haben uns halb totgelacht.
Angekommen mußten wir Schutzmaßnahmen ergreifen, weil Felix außer sich war, er knurrte und fauchte. Nur mit Leder- und dicken Arbeitshandschuhen bewaffnet hatten wir uns getraut den eisernen Käfig anzufassen, diesen dann auf eine Decke gestellt, um den Käfig mit der Decke ins Haus zu

tragen. Die neuen Nachbarn schauten uns zu und schüttelten mit dem Kopf.

Sie wußten nicht, welche Persönlichkeit unser Felix war, aber das würden sie bestimmt noch lernen.

Ins Haus angekommen, haben wir noch weitere Sicherheitsmaßnahmen getroffen, da wir ernsthaft befürchteten, Felix würde uns angreifen. Wir achteten darauf, daß unsere Schlafzimmertüren in der Nacht geschlossen waren, mit umgedrehten Schlüsseln, denn Felix konnte alle Türen öffnen.

Ehrlich gesagt, wir hatten Angst, er würde sich für die gewaltsame Entführung im eisernen Käfig rächen.

Der Kater wirkte ein paar Tage verstört, dann fing er sich wieder. Er saß oft am Fenster und dachte nach. Ich wußte, es ist sehr wichtig. Jetzt fällt die Entscheidung, geht er für immer, oder bleibt er. Seine Entführung war ein Zeichen der Liebe ihm gegenüber, aber auch eine bodenlose Respektlosigkeit.

Er dachte auch über diese schreckliche Fahrt mit dem Auto nach und die Gefahr, daß man ihm so etwas wieder antue.

Es fiel ihm schwer sich zu fangen; trotz vermehrter Streicheleinheiten und leckerer Katzenmenüs fühlte er sich hintergangen, er war gekränkt. Er hatte nicht umziehen wollen, er wollte, daß wir dieses Haus aufgeben und wieder im alten Haus wohnen. Wir hatten ihn wie eine gewöhnliche Katze eingefangen und unter unwürdigen Bedingungen abtransportiert und über ihn gelacht, seine Autorität mißachtet. Wir hatten ihm unseren Wille aufgedrängt, das tat weh.

Er trauerte um seinen verlorenen Stolz und kränkelte.

Im Laufe der nächsten Woche wuchs unsere Besorgnis, da Felix das Essen verweigerte. Er gewöhnte sich an das neue Haus, aber in seiner Seele war etwas gebrochen.

Er wirkte nicht mehr so beleidigt und ablehnend den neuen Räumlichkeiten gegenüber, trotzdem war er traurig und uns gegenüber vorwurfsvoll. Die ganze Atmosphäre im Haus war bedrückend, schuldbeladen.

Felix kränkelte, lag lustlos herum mit gebrochenem Herzen und traurigem Blick… Ich denke, er hatte eine Depression.

Aber nach zwei Wochen, als eine Maus am hellichten Tag vor der gläserne Hintertür spazierte, war es um ihn geschehen.

Er richtete sich plötzlich auf, seine Augen funkelten.

Er mußte hinaus…

In die Wildnis… in den Wald… er zitterte am ganzen Leib vor Erregung. Felix, der Jäger, war wieder erwacht, seine Augen glänzten. Er befahl mir ihn rauszulassen.

Er stand an der Tür und sah mich befehlend und selbstbewußt an. Mit Freude öffnete ich ihm die Tür ganz weit.

Stolz blieb er im Türrahmen stehen, als ob er sich der Welt zeigen wollte. Mit erhobenem Schwanz und stolzem Gang ging er ein paar Schritte, blieb wieder stehen und schaute sich um.

Die Muskulatur unter dem Fell straffte sich!

Ah, wie schön! Er lebte wieder auf!

Er betrachtete jetzt nach und nach alles, was er sah als sein persönliches Eigentum. Alles! – Den Wald, die Wiese, den Weiher, den Bach, die Nachbarhäuser, die Felder, das ganze Dorf. Alles war sein Revier, da konnte er wie der liebe Gott sein, er hatte uneingeschränkte Rechte, das zu tun, was ihm beliebte, er wußte das. Er wußte auch, daß er seine eigenen Gesetze gegen alle Tieren und alle Menschen, auch mit Gewalt, durchsetzen würde. Diese Welt gehörte ihm, genauso wie das Dorf, in dem wir vorher gelebt hatten.

Daß die Menschen und Tiere hier im Dorf, im Wald und auf Wiesen das noch nicht wußten, war ihm nicht so wichtig, eher eine Herausforderung.

Felix war entschlossen ihnen allen nach und nach zu zeigen wer das Sagen hat. Er hatte ein neues Revier zu erobern.
Er war wieder der Herrscher.

10.
Du sollst nicht die Tiere im Haus deines Nächsten begehren, weil diese schöneres Fell haben oder edlen Geblüts sind. Du sollst weder Hunde, noch Vögel, noch andere Tiere, die deinem Nächsten gehören, begehren.
Denn ich bin ein rachsüchtiger Kater.

Felix und der Schäferhund.

Es war gegen Abend. Der Tag war heiß und Felix hatte bestimmt den Tag im Wald an einem schattigen Plätzchen verbracht. Ein guter Bekannter meines Mannes hatte sich für einen kurzen Besuch angekündigt. Da er sowieso mit dem Hund unterwegs war, schaute er kurz bei uns vorbei.
Es tat uns gut, seine Erzählungen zu hören, wir verbrachten unterhaltsame zwei Stunden. Sein Schäferhund war groß und wunderschön, er genoß es immer wieder gekrault zu werden.
Nun war es an der Zeit zu gehen.

Wir begleiteten unseren Gast zur Tür.
Als wir diese öffneten, saß etwa zwei Meter davor Felix und schaute uns mit funkelnden Augen an.
In dem Moment wußte ich, er hat gesehen, wie ich den Hund immer wieder gestreichelt hatte. Wie lange hatte er uns beobachtet? Und aus welchem Versteck? Was ging in seinem Kopf vor? Glaubte er, wir wollen den Hund behalten?
Der Mann zog den laut knurrenden Schäferhund an sich:

„Ist das eure Katze? – Es wäre gut, wenn ihr die Katze in Sicherheit bringt. Mein Hund ist ein Katzentöter, er hat viele umgebracht! Das sollt ihr mir glauben, sperrt die Katze ein!"
Oh Schreck! „Das ist ein Kater." erwiderte ich, ging hinaus und machte hinter mir die Tür zu.
Hinten bellte und keifte der Hund aufgeregt. Felix ließ sich nicht fangen, er war beleidigt, er sprang auf das Garagendach. „Auch gut", dachte ich, „er ist dort in Sicherheit."
Die Tür ging sogleich wieder auf, da sprang mir der Schäferhund ohne Leine entgegen und hielt Ausschau nach Felix. Dann ließ er sich streicheln.
Warum hatte der Mann den Hund abgeleint? Er wußte doch nicht, ob ich den Kater in Sicherheit gebracht hatte! Halbherzig kraulte ich den Hund und schaute besorgt auf das Garagendach, auf dem Felix mit peitschendem Schwanz und glühendem, eifersüchtigen, unheilverheißenden Blicke saß. Der Mann verabschiedete sich, pfiff den Hund zu sich und wollte weitergehen.

Zu meinem Entsetzen sah ich, wie Felix mit einem Sprung vor dem Schäferhund landete, sich vor ihm aufbäumte und furchterregend jaulte. Das war eindeutig eine Herausforderung zum Kampf. Wir waren alle wie erstarrt, auch der Hund.
Niemand bewegte sich.
Der Hundebesitzer grinste, als ob er wüßte, was jetzt käme.
Bevor der Hund reagieren konnte, holte Felix zum Schlag aus. Mit einem Satz sprang er den Schäferhund an. Dieser ließ sich nicht lumpen und schnappte von der Seite nach der Kehle des Katers, fast hätte er ihn erwischt.
Felix wäre mit einem Biß tot gewesen.
Oh, Gott! Das war knapp, der Mann hatte recht gehabt, der Hund war ein Katzentöter. Felix erkannte die Gefahr und trat den Rückzug an, er verschwand unter dem Auto. Gab er auf?

Das konnte ich nicht glauben, es war bestimmt eine List, so schnell gab Felix nicht auf. Oder doch?

Als der Hundebesitzer halbherzig eingreifen wollte, lief der Schäferhund, durch Felix Frechheit angeheizt, dem Kater nach. Ein lautes Jaulen war zu hören, der Hund zog seinen Kopf zurück, Blut tropfte aus seiner Nase. Bevor der Hund wieder beißen konnte, kam Felix hervor und holte zum Angriff aus.

Er sprang nochmals den Hund an und seine scharfen Krallen bohrten sich in die Hundeohren, Stirn, Maul, Hals – überall, wo er den Hund verletzen konnte. Ein reißendes Geräusch und Felix Zähne hatten ein Hundeohr der Länge nach aufgeschlitzt, sogleich steckte er seine Zähne ins zweite Ohr.

Der Schäferhund – in der Sicht benebelt durch das tropfende Blut – biß mit seinen scharfen Zähnen immer wieder ins Leere. Der Kater war viel zu schnell und erbarmungslos.

Der Hund blutete stark, viele lange, tiefe Kratzer, aus denen das Blut ständig tröpfelte, waren am Kopf zu sehen.

Wir waren alle so entsetzt, daß wir unfähig waren zu reagieren. Es ging alles viel zu schnell. Wie eingreifen, ohne selber von einem Tiere verletzt zu werden? Felix sprang herunter und gleich wieder auf den Hund!

Um Gottes Willen, der Alptraum nahm kein Ende!

Der Erste, der reagierte, war der Besitzer, er schrie auf: „Aufhören… Sofort aufhören!!! – Du verrückte Katze, aufhören! – Du bringst meinen Hund um!"

Felix sprang vom Hund herunter, stand aufgebäumt vor ihm und schaute ihn an. Nicht, weil er von einer für ihn unbedeutenden Person angeschrieen wurde, sondern weil *Er* die erste Kampfrunde beenden wollte. Der Schäferhund winselte vor Schmerz, seine Kampflust war verflogen.

Felix schaute sich um in der Runde. Acht entsetzte Zuschauer waren genug, um diesen Sieg zu würdigen. Er musterte den

Hundebesitzer mit dem mir bekannten, verächtlich vernichtenden Blick.

Dieser erstarrte, er traute sich nicht zu bewegen. Ich konnte fühlen was der Kater dachte: „Wer bist du? Mich in meinem Haus und Hof anzuschreien? Schau daß du weg kommst!"

Stolzen Ganges drehte er sich um und ging gemächlich, mit erhobenem Schwanz in den Nachbarsgarten.

Der Mann stammelte: „Habt ihr das gesehen? Diese Mistkatze hat mir gedroht! So etwas ist lebensgefährlich, ihr solltet die Katze einschläfern. Die Katze ist verrückt, sie kann doch nicht einen Schäferhund angreifen!"

„Es ist ein Kater." sagte ich kleinlaut.

Aber der Mann hörte mir nicht zu.

„Das ist nicht normal! Warum hat sie das getan? Warum? – Mein Hund, mein Gott! Mein Hund, Hasso! – Hasso! – Oh Gott, er verblutet! – Wir brauchen ein Arzt!"

Ich rannte in die Küche und brachte mehrere frische Küchentücher. Der Hund ließ sich provisorisch verbinden.

Ich setze mich ans Steuer und fuhr mit dem entsetzten Mann und dem verletzten Schäferhund zum Tierarzt. Der Hund zitterte am ganzen Leib vor Schmerzen, die Küchentücher waren blutgetränkt. Erst dort war das Ausmaß der Verletzungen zu erkennen.

Ein Ohr war von der Mitte in der Hälfte durchgerissen, das andere Ohr an der Spitze in Fetzen gerissen. Die Hälfte der Nase hing an der Haut nach unten. Vom rechten Augenweiß zog sich ein tiefer Kratzer bis auf die Nase, die Augenlieder waren aufgeklafft. Sein Maul hing auf der rechten Seite in Fetzen aufgerissen. An der Kehle fehlte ein großes Stück Fell, durch die Öffnung konnte man mindestens sehen, daß Luftröhre und Blutgefäße unversehrt vorhanden waren. An der Zungenbasis klaffte seitlich auf einer Länge von 10 cm die

Haut auseinander. Die Kopfhaut war fast rautenförmig zerkratzt, wie eine Schweinehaxe mit Bierkruste. Der Tierarzt schüttelte den Kopf und wollte wissen von welchem Tier der Hund so zugerichtet worden war.

Der Mann senkte den Kopf und sagte:
„Das war ein wildes Tier… im Wald! Ich konnte nicht sehen… Vielleicht ein tollwütiger Fuchs. Der Hund ist geimpft!"

Damit der Arzt in Ruhe nähen konnte, war eine Vollnarkose angebracht. Wir saßen schweigend im Wartezimmer.
„Weitere Termine sind wegen eines Notfalls abgesagt." informierte die Sprechstundehilfe die wartenden Tierbesitzer.
Der Wartesaal lehrte sich. Tausend Fragen gingen mir durch den Kopf, tausend mögliche Antworten. Das Schweigen war erdrückend, aber es tat mir gut. Was sollte ich dem Mann über Felix erzählen? Er würde bestimmt nicht verstehen, daß Felix etwas besonders ist, daß er eine ungewöhnliche Persönlichkeit hat und uns seine eigenen Regeln aufstellt, die von uns befolgt werden sollen. Er ist eben keine gewöhnliche Katze.
Ich war dem Mann dankbar, daß er mir keine Fragen stellte.
Nach drei Stunden fuhr ich den noch betäubten Katzentöter und seinen besorgten Herrn nach Hause.
Der Mann meldete sich nie wieder.

* * *

65

Du sollst alle Gebote halten, auf daß du nicht in die Hölle kommst, wo es mich nicht gibt, und du schmachten wirst aus Einsamkeit und Traurigkeit und durch schreckliche Sehnsucht und Schuldgefühle bestraft wirst.

Denn ich bin dein Kater!
Dein Herr!

Ein rachsüchtiger,
eifersüchtiger Kater.

* * *

Herstellung und Verlag:
Books on Demand GmbH, Norderstedt
ISBN 978-3-8334-9749-0